catch

catch your eyes；catch your heart；catch your mind……

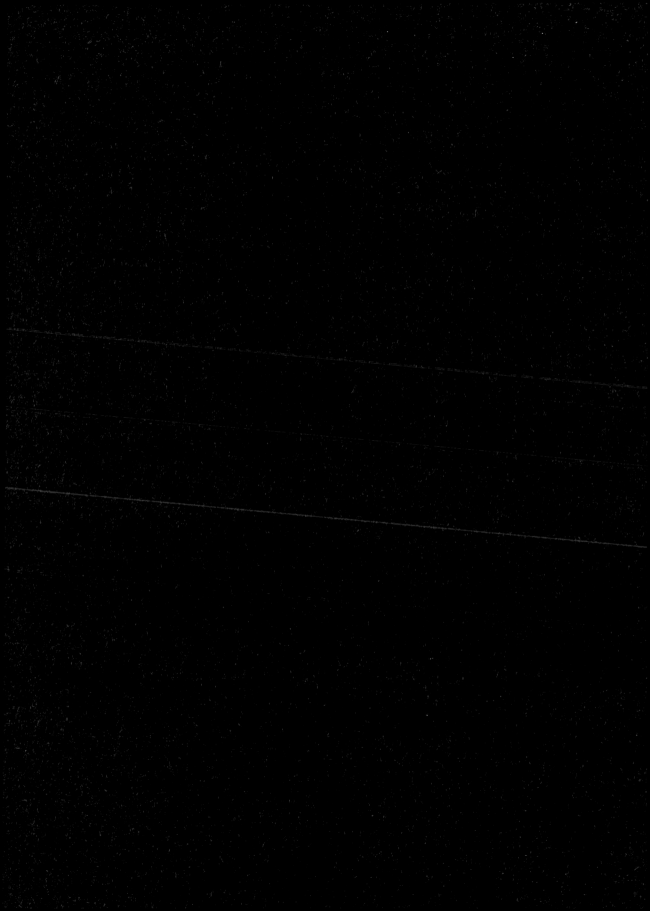

椅子被小狗啃過了，
所以留下粗糙的角。
沙發被貓爪子練過了，
所以留下點點小洞和劃破的口。

相片裡，因爲牠們晃動了，
所以我相信
愛
的確存在過了。

給小苓和Paw

愛不終止

李瑾倫

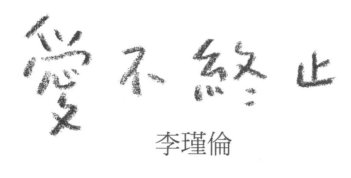

十一月一日星期一。

傍晚六點左右，小苓和Paw像過去的兩年一樣在二樓等著吃飯，小苓一下子就吃完了；Paw檢查出罹患惡性淋巴腫瘤不久，是開始接受化療的第四星期，食慾不好吃得慢。

小苓一直在旁邊著急地想趁Paw吃飯的恍神偷吃一點牠的。於是我一邊哄Paw快點吃，一邊擋著小苓不讓牠靠近Paw的飯碗。我跟小苓說：「小苓不行，你已經吃過了。」小苓蹙著牠獨一無二的眉毛坐在地上急急地搖著尾巴望著我。因遺傳退化性關節炎，大部分時間牠不是坐著就是趴著，但遇到該跑的時候，牠可總是卯足全力衝刺。叫牠不跑也不行，看牠跛著跑，好笑卻也心疼。

Paw吃飯誰也不讓，唯獨會讓小苓。Paw看看我，牠不想吃了。我把碗收到架子上，兩隻小狗一前一後跟我在屋內走來走去，直到我上三樓畫圖。

沒想到，這是我最後一眼看到小苓健康的樣子。

七點多，瑜來探望Paw。我抱Paw下樓，轉身關小木門時，看到小苓坐在後陽台的門邊正把剛吃的食物都吐了出來。等我再上樓，發現小苓已經把吐出來的東西又吃了回去。
我笑牠：「哎喲，很髒耶，怎麼又吃回去了啊！」牠轉身一顛一跛跑開。上樓工作前，我又蹲在樓梯前摸摸小苓哄哄Paw，摸摸Paw又哄哄小苓。

三樓的小狗吵鬧不休，急急上樓了。

等十點再下樓，二樓地板上已經東一灘西一灘都是被吐出來的東西，在樓梯口等我的只有Paw，一定是小苓生病了。循著嘔吐物的痕跡往房裡找，發現牠坐在最角落的墊子上喘著氣，眼皮垂著不太有力氣，我跟牠說：「小苓，你怎麼啦？」牠喘著喘著一直看著我。趕快抱牠下樓。

萬分不知道，原來死神早已在我家盤繞。

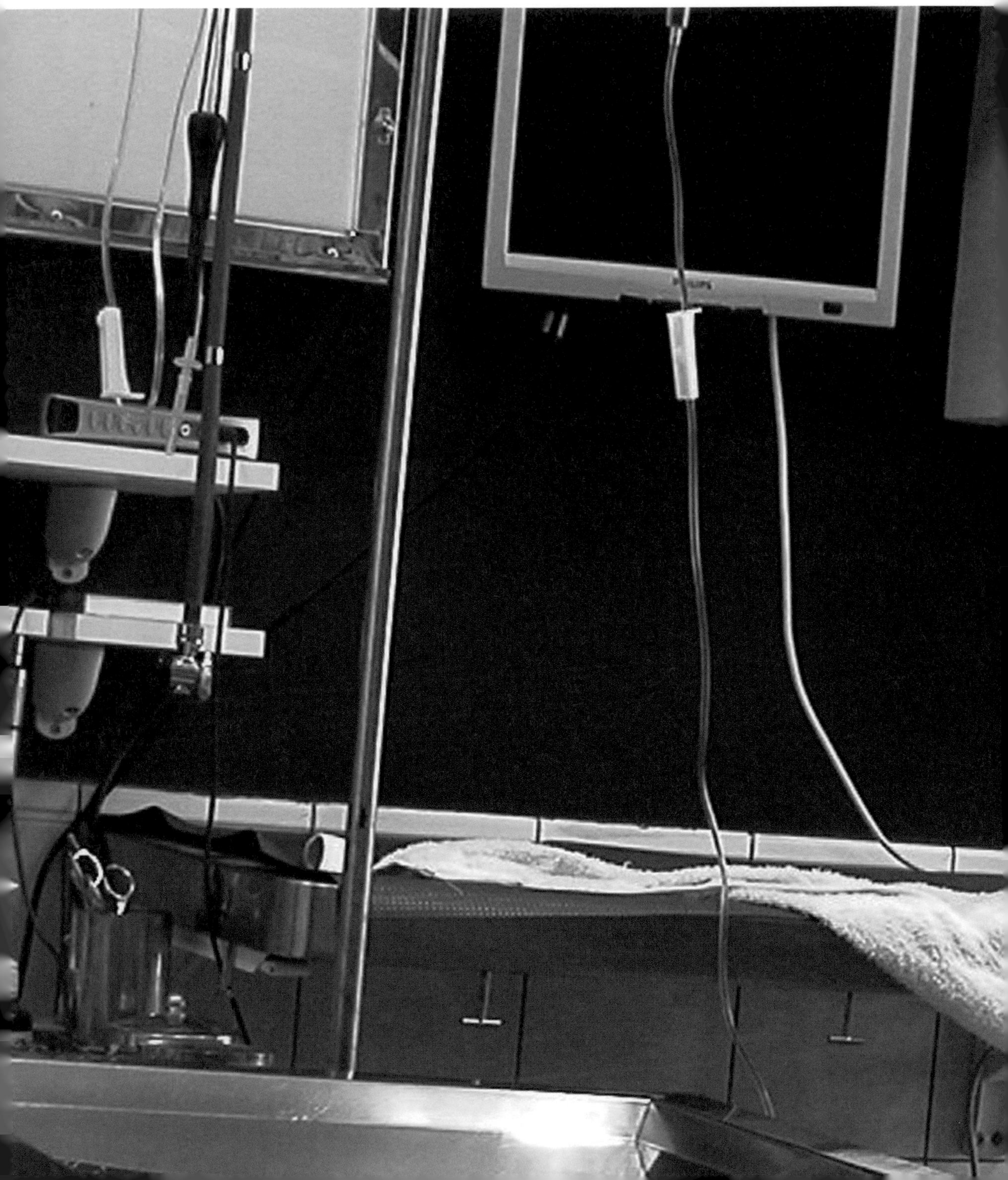

小苓的肝指數飆得太高，才想起已有一陣子沒幫牠驗血。牠長期因爲關節炎吃類固醇藥物，必須定期注意身體的狀況；可是這陣子我們都忙著顧Paw。

到現在，我還是屢屢問自己，爲什麼一點徵兆都沒有？爲什麼牠肝指數飆得這麼高，還能興高采烈地等著吃飯？爲什麼牠不表現任何的不舒服讓我知道爲？什麼六點以前和以後情況會差那麼多？爲什麼有很多比牠狀況更糟的狗救得回來，老天卻不讓我們救小苓回來？

我看建興的表情知道事態嚴重了。那麼多年我們在這小小的動物醫院裡工作生活，我知道表情的含意。我跟自己說別驚慌，今天打了點滴有了治療，兩天後牠就恢復了。就跟其他很多、很多、很多的小狗一樣。

坐在診療桌前陪小苓打點滴，想讓牠安心，牠臉向哪我就坐哪，才發現牠一點都不想讓我看見牠不舒服的樣子。牠不停換位了或把臉轉開，牠不喜歡讓人看到不舒服的樣子。

點滴慢慢滴到半夜一點半，拆下點滴，抱小苓上樓。

忘不了小苓在黑暗中想躺下卻又馬上坐起、仰頭喘氣不能睡的身影。
牠發燒了，清晨四點我們又下樓，陪小苓打點滴到六點。

那一整天，小苓都在樓下醫院裡讓建興照顧著，趴坐或睡著，還有些喘著，眼神溫柔，摸牠的時候頭順勢輕輕枕在我手上。不要驚慌，我跟自己說，牠很快就恢復了，因爲我們救過很多小狗啊，小苓的情況甚至還稱不上是「救」呢；可是，有時候，直覺建興想說什麼卻忍住了。我也想說些什麼，也忍住了。

晚上，替小苓抽血卻發現浮不出血管。
建興翻看小苓瞳孔，發現已黃疸，這比我們預期的糟要更糟了。
突然，像跟老天賭氣似的，建興把剛掛上的藥拿下來，把小苓的點滴抽掉，他說：「不打了！」軟針被丟在一旁桌上，建興頹坐著。
他說：「你也看到的，那麼多比小苓嚴重的都救得回來，我就不信小苓救不回來！」我淚水頓時掉下來，我怕小苓看見我哭。
我自己以爲，如果讓牠看見我哭，就會讓牠知道事情的嚴重，就會讓牠害怕，或者就會讓牠眞的這樣走了；我要想，小苓只是生病，牠會好。如果我傳遞這個訊息給牠，牠就會好。這是個意念，我一定要給牠這個意念。
我眞傻，因爲我的意念一團糟。我心亂如麻。

建興想爭的是生命，這卻往往由不得我們。
小苓靜靜地趴在桌上。我們只有摸著牠。
我們毫無防備。那麼小苓呢？牠知道嗎？

抱小苓到房裡，牠靜靜趴著偶爾換換位子。下垂的眼神，累了。
我還是摸著牠的頭，跟牠說：「小苓，下次不舒服要跟媽媽說。」

牠走得安詳嗎？

其實我也不知道。Paw在清晨四點跳上床，我和建興都醒了，我們都起身想看看小苓在哪裡。小苓在我的床邊，睡著熟悉的姿勢，只是建興一見牠就知道了。他急忙起身，「小苓死了啦！」這是他當時著急唯一重複的話。
我不想說謊，我想，小苓當時的眼神看起來有一點點驚慌困惑，我想小苓一定不知道發生了什麼事。

牠一定不知道爲什麼那天晚上吐了一堆又一堆的東西之後突然那麼不舒服吧；牠一定不知道爲什麼要抽血要打針要注射點滴吧；牠一定不知道爲什麼牠生病後的第一個半夜喘到無法好好躺下睡覺吧；牠也一定不知道爲什麼這一生病的第二個半夜就會永遠離開「爸爸」和「媽媽」了。
我心疼牠一直不願讓我看見牠生病的樣子，越不舒服牠的眼神越躲著我。

牠一直是那麼乖，突然不知怎麼地我就明白，是小苓讓Paw跳上床來叫我和建興起床的，在牠才走身體還溫熱的時候。
牠要跟我們說再見。
在靈魂起昇起的剎那，牠明白了嗎？牠是不是已不是那具躺在被上的軀體，而是坐在我們身邊、用前掌輕拍我們、叫我們不要傷心、輕如羽毛的自由靈魂呢。小苓後來眼神就垂下了，好像只是做著夢，半睜半閉長睫毛覆蓋著眼睛，溫馴乖巧表情如往常。

火葬場的人答應等我們到晚上十點。
白天建興還須在醫院看診，在這點上我比他幸運得多，隨時可在工作室裡放聲大哭。突然想，死亡的意思就是「沒了」。杯子打破了，也是沒了，東西搞丟了也是沒了。「沒了」的定義就是沒了，不用再商量了。

騎車到百貨公司賣瓷器的部門找可密封的瓷罐，一心一意想讓小苓住在漂亮的罐子裡，心裡篤定已有罐子上該有的圖案。
沒人賣那麼大的密封瓷罐，店員禮貌問我做什麼用途，我說是送人，非那麼大不可，非可密封的不可，非漂亮精緻的不可。最後終於有兩個漂亮的罐，是飄洋過海來的英國茶葉罐，灰藍的罐身上繪有精緻的馬戲團大象。小苓會喜歡的，牠喜歡熱鬧、喜歡新的、讓人舒服的東西。罐子不夠大，卻似乎是唯一的選擇。店員細心將罐子包好，我提著罐子回家。

覺得心空空的，腦袋空空的，好像做一些為著小苓的事，卻不知意義是什麼。

小苓現在在哪裡？風呼呼地從我耳邊呼嘯而過。

珠說：「你覺不覺是老天提醒你要有個眞正的小孩？你覺不覺這樣有如白髮人送黑髮人的痛苦？」

我的確認眞想過她問我的問題。

建興抱著小苓而我開車前往火葬場的路上，他說：「小苓是我第一個小孩。」
小苓受關節炎之苦超過五年，牠奮力站起身在屋子裡跟我走來走去的樣子，永遠在我心裡。每天早上我翻身起床，牠已四腳朝天準備好我跟牠說：「早安，小苓。」摸摸牠的肚子，牠亮亮圓圓的眼睛和急急搖動的小小尾巴讓我知道牠有多高興。Paw走過去聞聞牠，這兩隻有時被建興戲稱「室友」的小狗像一列小小的隊伍，一前一後高高興興地跟著我，準備吃早餐。
從來沒得過牠們不高興的臉色。從來沒感覺到小苓因關節炎的痛和不舒服所表現出的沮喪。牠和Paw每天都過得興高采烈的。

小苓是小苓，小孩是小孩，這是兩件完全不同的事情。
小苓不是爲了塡補沒有小孩的替代品，而小孩也不該是爲了塡補小苓而來。

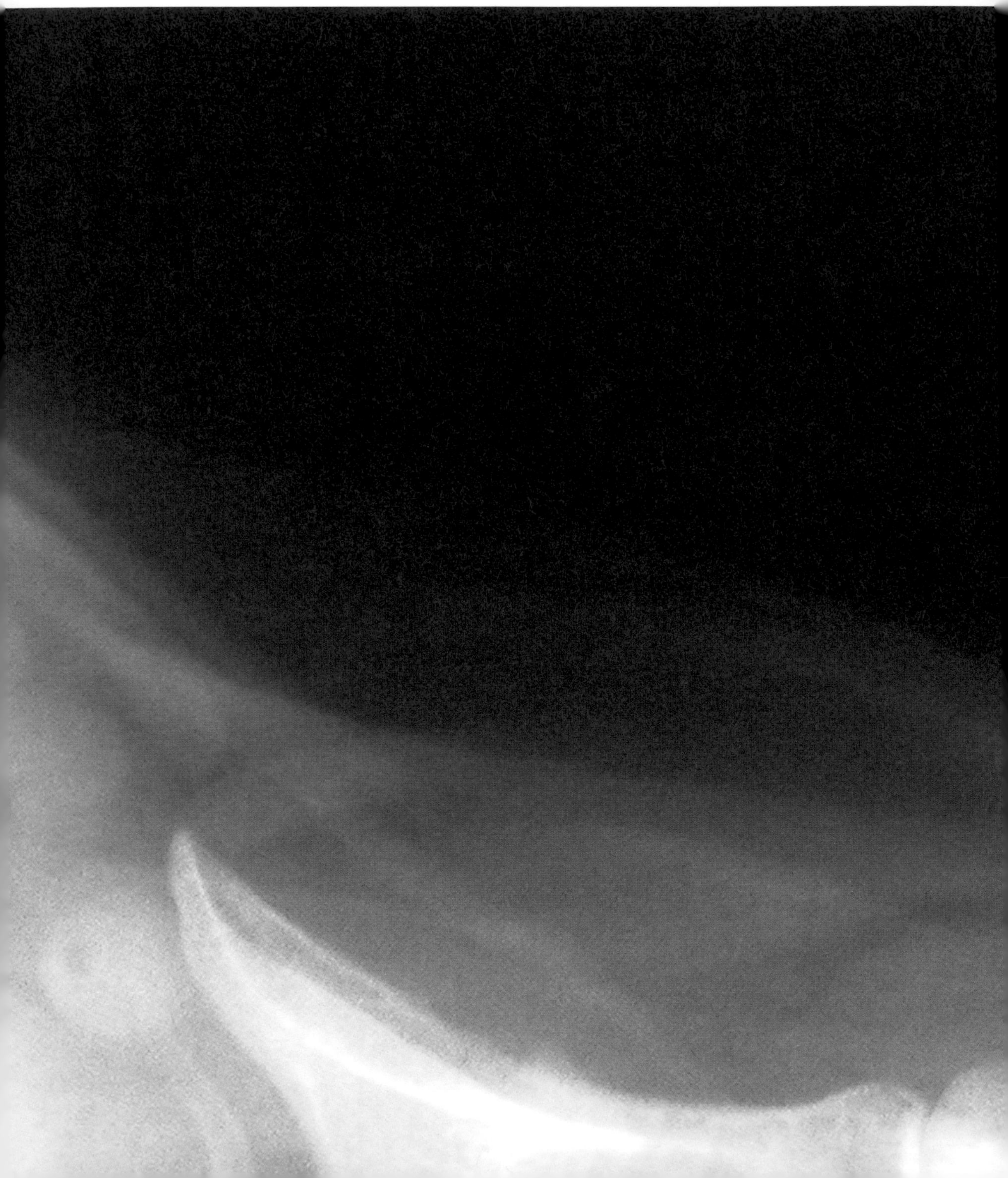

火葬場簡陋，小苓被放在一個已變形的鐵盤上。火葬場的人問建興要不要燒香拜拜，建興點頭什麼都做。雖然小苓的脖子上我們早已替牠掛上一面小小有天使的聖牌，建興還是替牠撒了金剛沙。我受過洗，對上帝似懂非懂，建興什麼都不信，此時此刻爲了小苓，他什麼都願意信。

火葬場的人教建興如何點火。

建興的手放在瓦斯開關上，火葬場的人大聲說：「火要旺了！小苓快跑！」建興跟著大聲喊一遍後就點火了。我愣在後面，心裡反覆說著說不出口的話：「等一下，小苓腿痛，牠跑不快。小苓跑不快，要等一下，等一下……」

火已經燒起來了。

建興獨自在香爐前燒著紙錢，我望著他的背影不懂自己宗教堅持的意義。我走過去，和他一起燒著紙錢給小苓。

火葬場的人早已準備好一個特製的白色大理石圓罐，這是他們對一個傷心獸醫師的心意。我買的瓷罐在我袋子裡，不過那已不重要了。

靜靜看著鐵盤上的白色骨骸。
一支一支小小的骨，輕輕地被撿進罐子裡。
時間一秒一秒過去了，一分一分也過去了。我可預見等下我和建興就會回到家，到家後再怎麼傷心終究會累得睡著，睡著了、等時間到了又醒，醒了再繼續一秒一秒、一分一分地過，大大小小事情發生、又結束了。計畫著時間做事情，事情卻發生在非計畫的時間內。眞實的事件變成回憶，回憶最後因爲人的消失也不見了。

小心翼翼地將最後的骨灰放進去，小小的頭蓋骨放在最上方，蓋上蓋子，上了密封膠帶再放入紅色的絨布袋。像抱小苓來的時候一樣，建興一路抱著小苓回家。
回到醫院，兩天宛如兩年，建興摸摸我的頭安慰我說：「唉，我們是最可憐的『父母』。」

地上的毯子都拿起來洗，樓上的小狗都洗澡，每一隻都出門散步，小苓從此活在心裡。在房間裡掃地，有時眼角餘光瞥到一堆衣服、一個袋子或是一個什麼東西，第一秒覺得是小苓，第二秒才想到小苓已經不在了。

拿著掃把站在桌旁有點發呆，想著如果小苓在，牠現在會做什麼。Paw坐在地上望著我，我招呼牠：「Paw——」接著不知自己是怎麼想的，想也許小苓其實就在Paw的旁邊，不要把牠冷落了，所以我用一樣的音調、愉悅的語氣，對著Paw身邊空空的位子說：「小苓——」Paw突然睜大眼睛用不可置信的眼神看我，一張驚訝的臉。

突然爲自己的行爲覺得很抱歉也很無聊，嚇Paw一跳嗎？趕忙跑到Paw前面蹲下來跟牠說：「對不起、對不起，小苓已經不在了，我知道。」

Paw滲尿得厲害，去大賣場多買一些大毛巾讓牠可以每天替換墊著睡。開車出門，回來的時候一向停的車位沒被別人停走。
停車位不好找，不知不覺心裡自言自語想像等下遇到建興我說：「跟你說，我今天車位沒被停走。」
建興說：「怎麼運氣那麼好？」
我說：「對啊，因爲小苓幫我佔位子。」

最後一句話在心裡講完忽然失笑。
這是什麼幽默呢。

很想念小苓。

少了小苓，每天做的事沒什麼改變。
這也讓我有些困惑。

早上醒來，帶Paw吃飯喝水，收拾報紙掃地晾醫院裡動物用的毛巾，上三樓再照顧圓圓、小狗、小花花和Tony吃飯喝水，收拾報紙掃地拖地晾洗衣物，每隻小狗的頭都摸一摸，然後再下樓看看Paw吃飯了沒。建興早已在一樓的動物醫院裡，生命，在那裡來來去去，來來去去。

小苓走後的第二個星期，我終於可以打一個電話給媽媽，但是我希望媽媽不要安慰我，我知道一個失去寵物的人所有該知道的道理。

媽媽在電話裡想輕鬆卻又小心翼翼，她說：「怎樣，最近？」她明明知道我怎樣，她一定早從姊姊那知道小狗走了的事情。

媽媽說：「凡事就跟主禱告，祂會聆聽你。」
我說我知道。媽媽說，讓我們一起跟主禱告，謝謝主曾經給我們一隻這麼好的小狗。媽媽說：「主啊，我們已把小苓託付給您。」

我眼淚掉不停。

早些時候姊姊在電話裡安慰我，她說這樣也許對小苓來講是一種解脫，你看牠的腳這樣好可憐，每次你帶牠上台北我看牠走路的樣子心裡都好難過。我聽了生氣，我說你怎麼知道牠這樣是解脫，小苓的關節炎已經在控制當中，就跟你講牠吐的那天傍晚六點，牠還跟往常一樣等著吃東西，牠看起來一切正常。我一直哭，姊在電話裡說你這樣哭也不是辦法啊，你想想看你還有那麼多隻小狗，那你以後怎辦。

於是我就又更哭更生氣了。我說不要再跟你說了，你不會懂的。

媽媽說：「姊姊都不敢再打電話給你，她說：『媽媽，我眞的不知怎麼安慰她。』」

其實，我也不知怎麼安慰自己。

努力想著往事，怕時間一久，什麼都忘記了。

生命來來去去啊。最早，Gibi在臨沂街巷子內被正在找停車位的車子輾過的剎那，我見到牠那往前奔跑的最後一眼；開車將發財從台北接回高雄治療，我和姊姊扶著牠在休息站曬太陽牠那微微瞇向著陽光的眼；摸到Paw喉嚨裡串起一顆顆腫瘤，著急害怕得微微發抖的我；無數主人在醫院裡對寶貝加油打氣的話語和身影；是該爲小苓脫離關節炎的苦高興還是爲牠離開我們而傷心？死亡也是重生嗎？這些把我弄迷糊了。

沒想到建興也因爲小苓的走跟自己的媽媽有著一些彆扭。

那天，建興打電話回家跟他的媽媽說小苓死了，媽媽除了回憶小苓是家裡看起來最溫和的小狗之外，並不在這話題上太久，這讓他的心裡有點受傷，因爲他發現媽媽並不像他一樣傷心。暫時有那麼幾天，他說不想再打電話回家。

晚上牽在醫院寄養的小卷和我們的圓圓在巷子散步，腦裡浮現小卷的「阿姨」描述小卷當初如何在諾貝爾舞廳附近被喝醉酒的人追砍的情景，也浮起圓圓被主人離棄有一段時間都須伏在籠裡的身影。忽然，對所有感覺都心疼。

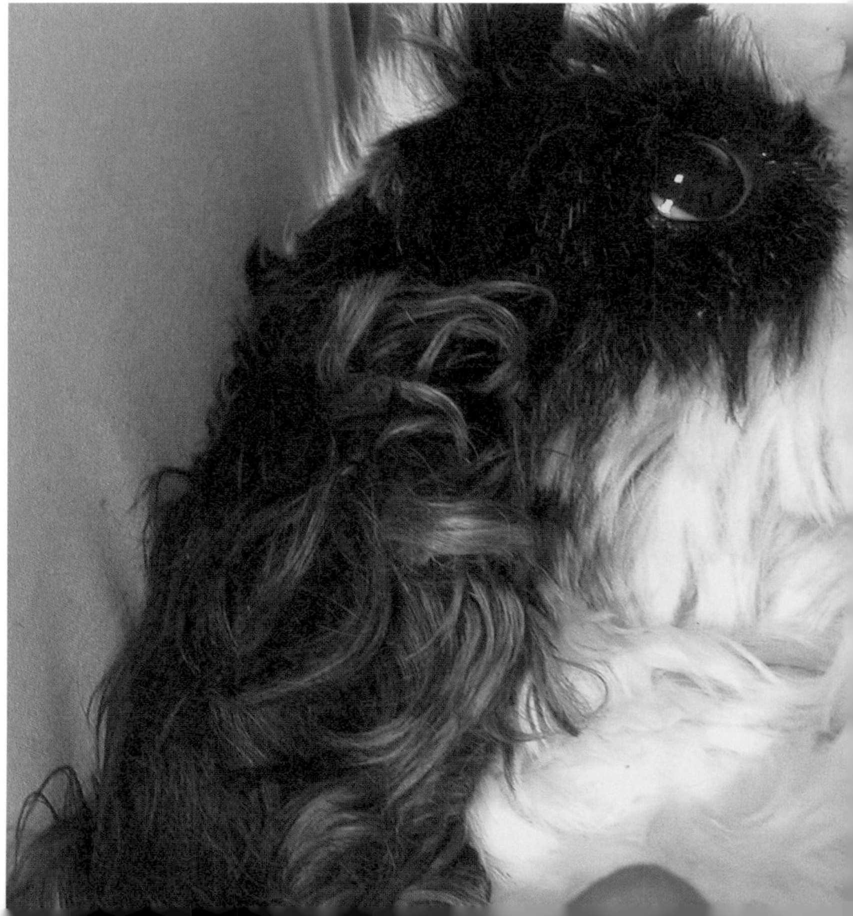

狗的確不是人。人棄狗，狗不棄人。

小苓是建興的第一隻狗。
有個故事總是百聽不厭，就是聽建興描述當初小苓如何滿身皮膚病髒兮兮地在台北麗水街跟著他的樣子。

「那大約一九八五年三月某個星期六早上八點四十……」沒想到建興居然一直記得時間。

一隻才被丟棄街頭，毛色組合有點失敗、尾巴也被截得幾乎看不見的三色英國Cocker Spaniel，傻傻地有點興奮地搖著屁股在大街上跟著一個不時回頭瞄牠的大男人走。牠才三、四個月大，蹣跚學步不久有如企鵝擺步卻緊緊跟得很好。男人想，如果你會跟我走到下個街口，我就收養你。那小小的、傻傻的、毛色組合有點失敗的三色英國Cocker Spanieal不但聰明地跟他走到下一個街口，還跟他走過一間古董店、一間花店、兩家早餐店，然後穿過永康公園又四個巷口，到了男人工作的動物醫院門口。他是一個獸醫。

開門向小狗招招手，小狗就進門了。

像所有獸醫都會做的事，建興幫小苓量了溫度、看了皮膚、檢查眼睛、瞧瞧牙齒、剪了趾甲又清耳朵，然後建興問了他的老闆可否讓他在醫院裡養狗。

怕影響醫院看診的時間，小苓被安頓在醫院裡一個二尺大的鐵籠裡，那是牠的「房間」。剛開始牠大部分時間都待在那裡，乖乖的不吵不鬧，等到醫院裡沒客人時，才放出來跑。牠一鼓作氣從住院房、內科診療室、手術室、醫生休息室、儲藏室再衝回住院部，來來回回好幾趟，最後才靜下來東聞西嗅，然後躺在建興腳邊睡覺。

小苓自由活動時間慢慢增多以後，有次牠不知什麼時候跑了出去，直到來醫院的客人問：「永康街上有一隻黑白的可卡，是不是你們的狗啊？」這才發現小苓已經自己出去逛大街。

趕忙出去找牠，只見小苓站在路中央，一下左一下右，不知該怎走才好，眼見後面已經因爲牠開始塞起車來了，建興趕快過去把小苓抱起來。

小小的生命依靠我們，那意義也許不只是依偎腳邊的溫度而已。

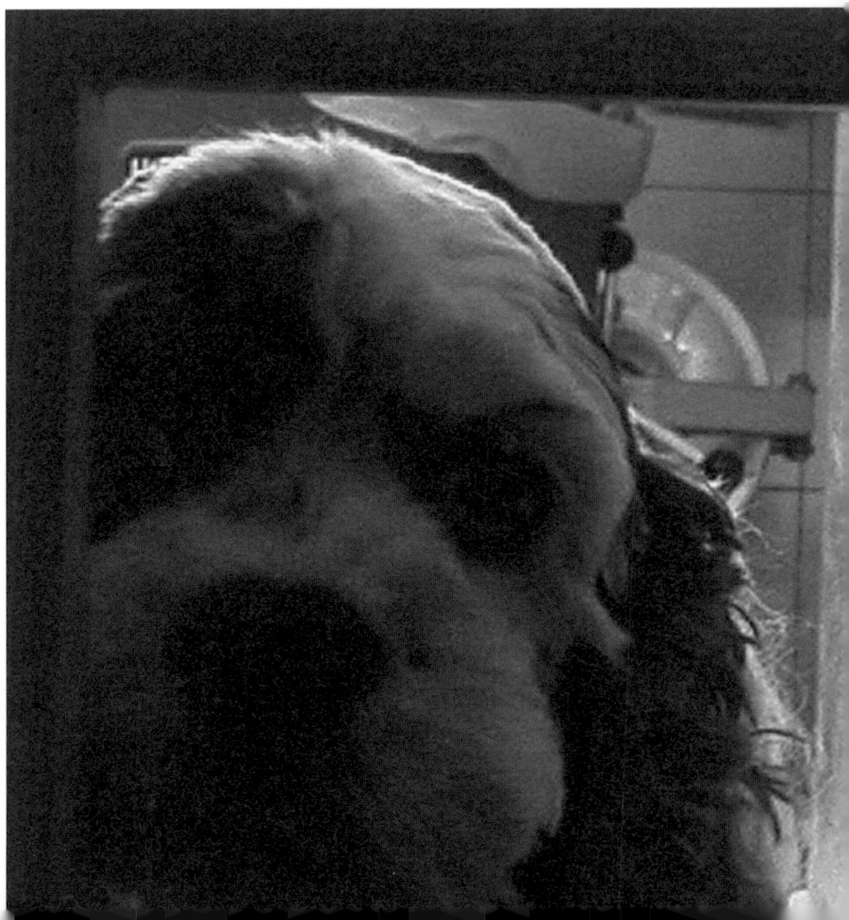

想著小苓，建興說：「牠的樣子和小時候都沒變。」

呵呵，我完全可以想像，看看牠那認真的神情吧，看看牠那獨一無二的眉毛吧。

有時想起小苓的眉毛，那眞是獨一無二的眉毛。
喜歡看著牠的眉毛取笑牠：「誰的表情這麼認眞啊？」
想吃東西時這樣的眉毛，想出門時這樣的眉毛，跟著Paw東吠西吠瞎起鬨是這樣的眉毛，當起媽媽餵小狗喝奶時也這樣的眉毛，發呆時這樣的眉毛，睡著了也是這樣的眉毛。

每從一樓上樓，牠和Paw總是在格子木門的另一邊等我。我手伸進格子搔搔牠的鼻子，摸摸牠的額頭，還是邊取笑牠：「是誰啊？是誰看起來這麼生氣啊？」

小苓會當媽媽，起因於與嘟嘟相遇的「意外」。
「意外」發生時我不在現場，只知道後來大家由驚嚇轉爲期待。那年聖誕節，小苓送給大家六隻胖胖小狗做禮物。

因爲關節炎，牠生到後來已經沒力氣，從「產房」轉戰到看診檯上。我們手忙腳亂不知如何幫牠，婆婆撐著牠的前腿，還一直跟牠說：「小苓加油！小苓加油！加油、加油！小苓加油！」
生到最後，大家都精疲力竭，最後出來的那隻，幾乎是被建興「掏」出來的，怕牠活不下來，又做了人工呼吸。這唯一眉頭上有咖啡色斑點、身上有小黑點點的小狗，我們叫牠小花花。

小花花留下來，coco到台北姊姊那兒，其他的小狗都讓認識的人認養。cosa住楠梓，小牛在幾條街外，大妹妹、壞妹妹也都在高雄。其中，壞妹妹兩年前意外地比大家先去了天堂。壞妹妹的走，讓我感覺很遺憾，到現在我還搞不清爲什麼一隻狗從椅子上跳下來會變成那麼嚴重的腦震盪，我總懷疑牠是不是曾受到一些暴力。

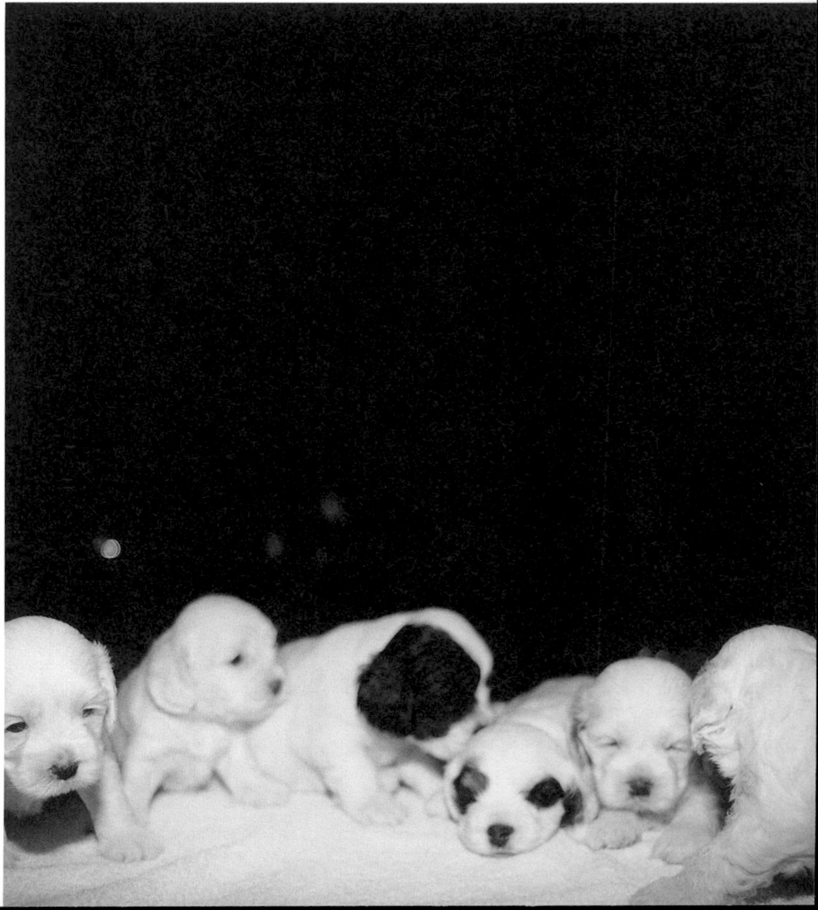

所有的小狗裡，小花花倒是一直頭好壯壯。

cosa和小牛都曾在鬼門關前走一回。尤其是小牛，後來改名爲皮皮，全身抽搐在醫院裡與死神奮戰，牠的「爸爸」看牠痛苦不抱希望想放棄了，問建興有關安樂死，牠的「媽媽」含淚跟我說：「我不停禱告，上帝跟我要這隻小狗，可是我跟祂說無論如何我不能給。」

皮皮後來活過來，我們都覺是奇蹟。

小花花的眼神和「發表意見」的聲音得自小苓眞傳。牠仰頭嘟嘴發表意見從「嗚」說起到「哇」結束，總長約兩秒。有時「發表」一次，有時「發表」兩次，有時還不停地「發表」，加強語氣的時候將聲音拉長爲三秒。意見說完了牠歪坐地面還一邊露出一排下顎暴牙用尾巴拍打著地面，看看我們有什麼反應。

我們笑牠暴牙是當初被「爸爸」人工呼吸吸出來的。小花花嗚哇嗚哇一堆意見時，我們最先想到的都還是小苓。

當了媽媽的小苓，和Paw在一起，還是做什麼都不讓：小小個頭，搶躺新被單不讓、搶佔新枕頭不讓、打鼾比大聲不讓、搶摸摸肚子不讓、搶依偎腳邊不讓，吃東西更是不讓。

牠的個性急急忙忙的，急急忙忙從房間裡跑出來看我，急急忙忙將頭伸出格子木門外看我從樓下上來，急急忙忙不知狀況跟著大家瞎起鬨，急急忙忙吃，急急忙忙喝，滿嘴的水滴滴答答地不等喝完又急急忙忙跟我，看看是不是沒趕上什麼好吃好玩的。

這樣的小苓，卻有件事讓我和建興印象深刻，對牠刮目相看。

Paw因爲洗牙需要麻醉，洗完牙、麻醉未全退之前在房內搖搖晃晃，小苓看到了好像很吃驚，牠跟在Paw旁邊乾著急。她試著搶先一步讓自己的身子擋在Paw的前方，小心翼翼地歪著有關節炎的腿坐著，然後試著用自己的背撐著搖搖晃晃的Paw。有時Paw好巧不巧眞的將下巴靠在小苓的背上了，牠倆就這樣靠在一起一會兒。不到十秒鐘，Paw又搖搖晃晃站起來想走路，於是小苓又急急忙忙跟在一旁，想從另一邊撐著Paw，好像希望幫牠站好。

無論我怎麼跟牠說：「小苓，沒關係啦，Paw麻醉啦，牠一下就好了啊！」牠挑著那獨一無二的眉毛看我一下，又急急忙忙幫Paw去了。

那晚我們一直誇獎牠一直誇獎牠，說牠是世界上最夠意思的小狗了。

握著牠腫脹變形的關節，想著若換成我是牠，還會一樣全心擁抱日日嗎？

牠的關節炎，時好、時壞。好的時候一瘸一瘸跑得飛快，壞的時候卻站不起來，這幾年都用藥物在控制著。

為著腳痛，也為了一鼓作氣奔跑，每次要跑之前總有那麼一秒好像是下定決心似的。然後牠一鼓作氣一瘸一瘸地跑向我，到達我身旁，牠興奮得氣喘吁吁、嘴角上揚、眼睛發亮，越是稱讚牠：「是誰這麼會跑啊？」牠越是高興得躺在地上手舞足蹈起來。

我這特殊的家，環繞腳邊的都是可愛毛茸茸的「家人」。若粗略地介紹我的「家人」，我會說：「這是Paw，十二歲；這是小苓，九歲；這是圓圓、小狗，也都九歲；這是小花花，小苓的小孩，五歲；這是Tony，三歲半，最愛打架；這是劉冰，唯一的貓，年紀應該和Tony差不多。」

「家人」的名單裡應該還有小黑妹，兩年前自己走到醫院門前讓我們收養的小黑狗，這兩年與昏妮、國際另兩隻流浪狗生活在一間尚未利用的空屋裡。但牠也突然因爲治療心絲蟲引起急性肺水腫走了。

雖明白「家人」生命短暫，有一天會先我而去。但傷心仍在不知不覺時，慢慢地敲刺著心。

這陣子才比較明白「當下」的意義。

早上，二樓房裡睡覺的那層被褥翻起已成Paw專用的大軟床，剉冰偶爾前來打盹；三樓工作室裡那張唯一的沙發已經從幾個小洞破成了幾個大洞，圓圓在那沙發上四腳朝天自得其樂、小花花在那沙發上東刨西刨、剉冰在那沙發上磨爪子、Tony在那沙發上寶貝著搶來的戰利品。
這是「當下」。

因爲是「當下」，所以我可以和Paw躺在床上消磨時間；可以拎起剉冰的脖子給牠滴眼藥水；可以在破洞的沙發上鋪件乾淨的被巾；可以把Tony憑蠻力和體型搶奪來的「戰利品」拿起來收好；可以掃著滿地的掉毛，對牠們叨叨念著。

輪圓圓去散步的時候，我擋在下樓的小木門邊，跟其他毛茸茸的四隻腳成員說：「不行，只有圓圓！」大家都聽懂了，雖然心情急躁還是讓出一條路讓圓圓下樓。圓圓粗粗短腿叭噠叭噠地在巷子裡散步著，長長耳朵前後前後地晃動；微風輕拂臉頰，牠一副好心情，陽光暖暖照在我們身上。

風是活的、聲音是活的，圓圓走著走著熱了甩一甩頭、一滴口水被甩出嘴外黏在牠自己的鼻頭上，那滴口水也是活的；馬路上許多聲音讓牠時時分心，牠站著東張西望，聲音也是活的。

這是「當下」。

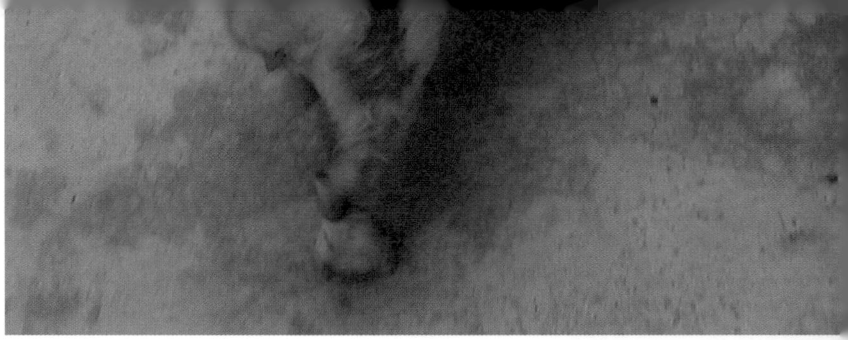

冬颱過後，帶Paw出門呼吸新鮮空氣，風強吹得牠耳朵向後翻飛。
這是「當下」。

在書店，和Tony一起等店員將書拿來之前，牠四腳朝天在書店中央踢著腿舞樂不可支；在工作室畫圖的時候，小花花身體熱熱的總依偎我腳邊；小狗和剉冰玩撕咬追殺弄得剉冰喵喵尖叫，害我不得不隔空大吼：「叫你們不要再玩這種的！」
這都是「當下」啊。

因爲是「當下」，所以照顧得到、感覺得到、摸得到也聽得到。

這一秒是當下，下一秒就成回憶了。
這一秒抓得到，下一秒就得憑空想像了。

然突有一天出門時，決定盡量和照過面的鄰居微笑，和每天推車賣刈包的小販聊一下天，和在巷子裡閒坐乘涼的老先生揮手招呼；不知不覺，我一路都微笑著。

突然那天覺得，在世界上活著就是要熱鬧些、大方些、雞婆些、幽默些、和緩些、體貼人些，愛生命些。

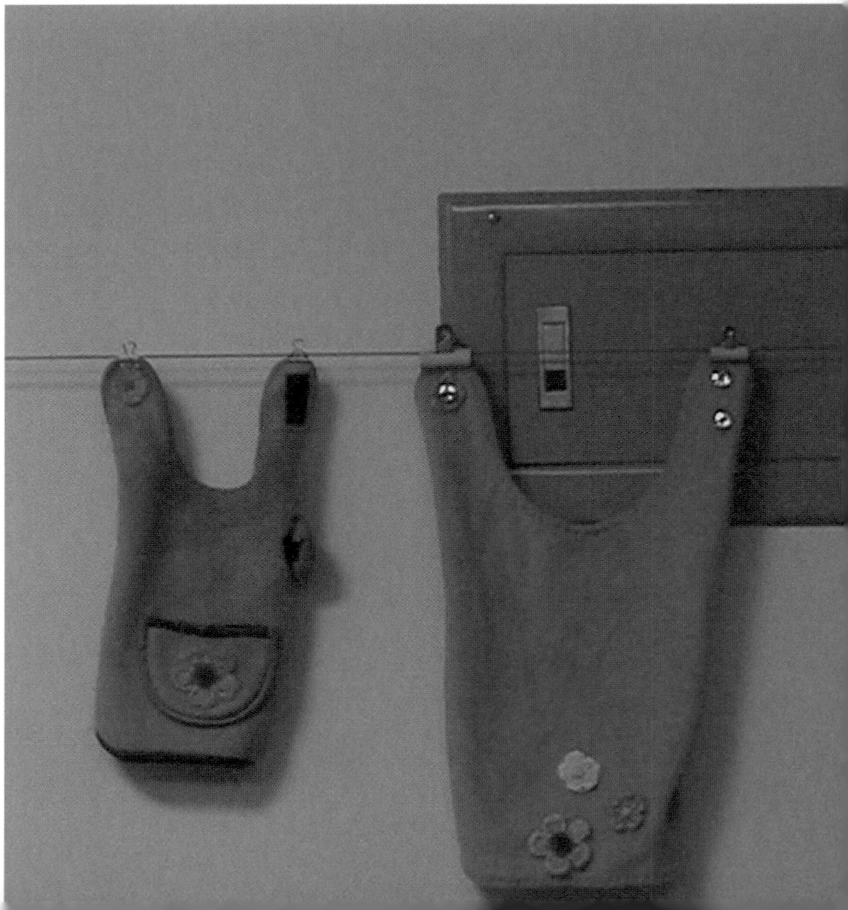

以前曾跟建興說，我覺得每隻動物來這個世界，都有牠要守護的對象。

我振振有辭：「像Gibi來是因為我那時孤單，所以牠陪伴我一年，等Paw來了，Gibi就突然走了；小狗應該是為我們而來，因為有小狗，所以我才會在清晨打電話找醫師，才會認識你；大家都說Paw好命，誰都疼，不知是為誰來的，可是等我去英國念書以後，就發現原來Paw是為陪你來的，因為牠一直在醫院陪你；圓圓是為我來的，因為從英國回來那年，Paw和小苓都在樓下醫院裡『上班』，只有牠陪我畫圖；那你想小苓是為誰來的？」

想不出小苓是為誰而來，那時想著想著又覺得自己太聰明，說：「小苓應該是為Paw來的，因為牠一直都陪著Paw啊。」

那小花花是爲誰來的？

Tony老愛找狗打架，牠是爲誰來的？

剉冰是爲了娛樂所有小狗而來的嗎？

昏妮是爲陪伴小黑妹來的，小黑妹是爲陪伴國際來的；國際被認養以後，我就不知接下來牠爲誰而來的了。

二樓後陽台天天來吃飯的食客貓和食客鳥是爲增加剉冰窺望的樂趣來的嗎？

小卷呢，牠的「阿姨」暫時沒法養牠，寄宿在我們家，牠是爲誰而來的呢？

小苓遇到嘟嘟，生了小花花、coco、cosa、皮皮、壞妹妹和大妹妹。這個相遇是爲了未來這些可愛小狗的主人而來的嗎？

一個生命守護著另個生命，另個生命又再守護著另另個生命，我們是爲了相互守護而來的。

當人把動物像垃圾丟棄的瞬間，是不是把自己的守護天使也丟掉了？當人毆打著狗、追打著貓、大聲罵著動物、將生命隨便飼養或放逐的同時，他們的人生讓我覺得同情，因爲不會再有生命願意守護他們了。

Paw有時在床上發著呆，我已不在牠面前無聊地亂喊小荇名字。老狗讓人心疼的地方就是其實牠們什麼都懂。

小荇是爲陪伴Paw而來的想法，又讓我猶豫起來。如果小荇是Paw的守護小天使，小天使先走一步，那Paw孤伶伶地在房間裡，一隻正與腫瘤抗鬥的十三歲老狗誰來守護牠呢？

我憂慮太多了。
因爲，我們是爲相互扶持而來的，我們是爲深愛彼此而來的，我們是爲互相守護而來的。
小荇如果在，依牠的個性，也許會舉起前掌拍拍我們替大家加油吧。

愛要及時，牠已經教我了。

一個久沒見醫院的客人，問起家中小狗的狀況。我避重就輕：「欸，牠們現在都在樓上。」

「三樓嗎？」她問。

「欸，年輕力壯的都在三樓。」我說。

「Paw呢？」她問。

「在二樓。」我微笑著說，心裡有點緊張。

「小苓呢？」沒有人會忘記小苓的。

「小苓過世了。」我儘量輕鬆地帶過。

「啊，怎麼會？」她好驚訝。

「欸，我也不知道，很快，肝有狀況，不到兩天就走了。」我說，「欸，大家都老了。」我補上這句像是為將來的狀況做伏筆。

她善解人意，不再問了。我們說一些寒假來了等等不著邊際的事。

小芩我畫過得不多，在英國想念牠和Paw的時候畫的一張、將牠改了毛色排入繪本當作牠的懷孕紀念畫的一張、畫牠在桌底下聽劉冰講心事的一張、和大家坐在沙發上的一張、還有牠和Paw兩個小小身影跟我背後的一張。

小芩留下的紅領巾項圈、兩根咬剩的牛皮骨，我收好在抽屜裡了。

時光真的會消逝嗎？
相愛的時光，
希望它只是停格某處。

永遠在那裡。

The Mini
OXFORD
SCHOOL
THESAURUS
Increase your word power!

第一次我全心全意禱告，禱告的時候，我見到上帝笑盈盈地來到我眼前。我請求天父，一定要幫我帶Paw和小苓和小黑妹到天堂。我見天父笑盈盈的像是答應，我見祂轉身招呼我親愛的小狗，我見我親愛的小狗，自由沒有病痛地和天父朝前方離去了。

第一次也是最後一次，全心全意我跟Paw說不要害怕，累了就睡吧，很舒服很舒服地睡，跟牠說若有任何人要來帶牠走，那人是上帝，「媽媽」已經和祂說好，祂會來帶Paw去天堂。小苓也在、小黑妹也在、Gibi也在、發財和昏妮都在。將來有一天「爸爸」和「媽媽」也都會去的，到那時候，我們又都在一起了。

我全心全意卻笨拙，上帝笑盈盈的臉，無論我禱告幾次就出現幾次。
苦痛就要過去了。
往事排山倒海而來。
我親親Paw的額，靠著牠的耳邊，一次又一次鄭重說謝謝，說我愛牠，說謝謝牠給我這麼多、這麼多。

二○○五年一月十七日，晚上七點二十八分，
在小苓走後的第二又二分之一個月，Paw頭枕我臂彎裡，永遠地睡了。

catch088

愛不終止

文字・攝影　李瑾倫

第62頁攝影 陳琬婷

責任編輯：韓秀玫

美術編輯：何萍萍

法律顧問：董安丹律師、顧慕堯律師

出版者：大塊文化出版股份有限公司
台北市105南京東路四段25號11樓
讀者服務專線：080-006689
TEL：(02) 87123898　FAX：(02) 87123897

郵撥帳號：18955675　戶名：大塊文化出版股份有限公司

e-mail:locus@ locuspublishing.com　www.locuspublishing.com

行政院新聞局局版北市業字第706號

總經銷：大和書報圖書股份有限公司
地址：新北市新莊區五工五路2號
TEL：(02) 89902588 (代表號)　FAX：(02) 22901658

初版一刷：2005年3月
初版二刷：2019年12月

定價：新台幣250元

ISBN 986-7291-25-5

Printed in Taiwan